KB203544

그림자에게 물었다

최원봉 제2시집

시인
도서출판

인연因緣

　지례초등학교 방과 후 문예반 글짓기 교실엔 아이들이 가을 햇살 들어와 앉은 갱지 위에 몽당연필로 송봉호 선생님의 지도에 따라 꿈을 쓰고 있었다.

　살기 바빠 주산을 배우고 은행에 들어가 정신없이 지내오다가 나이 오십 줄에 들어 시와반시 강현국 박재열 구석본 시인과 인연이 되어 물마루문학회 동인지도 내고 시 공부를 틈틈이 하게 되었다.

　퇴직 후 김천으로 귀향하여 직지사에 다니며 신행생활을 해오던 중 시와반시 구석본 시인의 소개로 권숙월 시인을 만나게 되었고 백수문학관을 거쳐 김천문화원 텃밭문학회에 들어가 시공부를 하게 되었다.

　삼 년 전에 첫 번째 시집 『동그라미의 끝』을 발간하였고 팔순 생일을 맞아 두 번째 시집 『그림자에게 물었다』를 내게 되었다.

　그동안 나와 인연이 된 모든 분들 그리고 우리 가족, 우리 손주들에게 깊은 감사를 드린다.

우보익생만허공雨寶益生滿虛空

아침마다 오르는 달봉산 가는 길. 집 앞 연화지엔 벚꽃이 꽃비 되어 세상 가득하고 향교가 있는 마을을 지나면 아카시아 상수리나무 우거진 사이로 등산길이 나 있다.

숨소리 거칠게 계단을 오르면 물푸레나무 소나무 숲이 나오고 산등성이를 타고 남실바람 불어와 인사한다.

바람은 그물에 걸리지 않고 환하게 인사하며 고개를 넘어간다. 생강나무 노란 꽃이 잔설 속에 피어나면 진달래 산나리 연달래 원추리 떼죽나무꽃이 인연 따라 피고 지고 각시붓꽃 땅비싸리는 앉아서 쉬어야 보인다.

들국화 쑥부쟁이 구절초까지 세상이 꽃 천지다 어디 꽃뿐이랴 쓰름매미 직박구리 딱따구리 뻐꾸기 청설모 멧돼지까지 한바탕 잔치다.

정해진 시간 없이 산을 오르는 사람들이 꽃과 나무와 곤충, 짐승과 하나가 되고 달봉산이 된다.

온 우주에 존재하는 것들의 몸과 마음이 모두 자신을 버리고 하나가 되어 허공에 가득하다.

보물 같은 꽃비가 세상에 가득한데 모든 것들은 자기 그릇에 알맞게 담아 간다.

직지사 일주문 지나 황악산엔 저녁노을이 걸려 있고 불이문을 향해가는 수행자들 속엔 도반들의 화안애어和顏愛語가 꽃비되어 쏟아진다.

원추리꽃 따라 재 너머로 간 갈래머리 소녀를 기다려 본다. 기다리다가 겨울이 오면 홍로일점설紅爐一點雪로 떠나고 싶다.

을사년 우수절
최 원 봉

3

차 례

제 2 부 __ 꽃 그리고 나무들

‖ 차 례 ‖

제3부 __ 동물 그리고 곤충

제 4 부 __ 소소한 일상생활

‖차 례‖

제 1 부

신행의 길

그림자에게 물었다

산이 내려와
안마당 툇마루에
걸터앉았다

산에게 물었다
재 너머 양 갈래머리 소녀를 보았냐고
못 봤다고 한다
원추리는 피었냐고 물었다
모른다고 했다

시집간 언니 찾아가던 그 소녀
길을 몰라 집 앞까지 바래다주고
마중 나온 형부 때문에
인사도 못 했는데
산에게 물어보겠다고 한다

나는 산이 아니라 산 그림자란다
길게 누워 있던 산 그림자
노을 따라 떠나가고
홀로 남은 나는 아직도
그림자만 좇아 다닌다

극락왕생하거라

마을 어귀 강씨네 대문 앞
똥개 한 마리 살고 있었다
몸도 돌릴 수 없는 비좁은 단칸방에
쇠사슬 목줄을 차고 혼자 살았다

그렇게도 사납던 놈이 내 노래도 알아주고
이제 친하게 지낼 만하게 됐는데
지나가다 보니 개도 집도 싹 치워 버렸다
강씨에게 물었더니 개값이 내려 없앴단다

어떤 개는 부고장도 돌리고
장례식은 물론 유골 가져 와
영정 앞에 빈소 차리고 밥도 올린다는데
너는 보신탕이 되었을 것 같아 가슴이 탄다

아파트 지나가는 젊은 부부 유모차
오랜만에 애기 한번 볼려고 들여다 보니
몰티즈 한 마리 안전벨트까지 하고 앉아
눈이 말똥말똥 빤히 쳐다 본다

새댁 하는 말 이번에 애기가 아파서
삼백만 원이나 썼다고 한다

그래서 강아지 실손보험도 하나 들었단다
똥개야, 소신공양하였으니
이제 고통 없는 땅으로 가서 살거라

기우귀가騎牛歸家*

180밀리리터
소젖 한 통을 마신다
아직도 젖을 떼지 못하고

내 몸 60조 세포 속엔
고삐 풀린 송아지의 야성이 있다

몸에 스며든 추악한 것들이
아름다움과 사랑으로 포장되고
엉터리 정보들이 알음알이의 탈을 쓰고
내 영혼에 붙어 산다

세상아 속아 줘서 고맙다
착각하고 우쭐대던 자존심들
내 것이라고 많이도 속였다

사랑도 미움도 번뇌 망상도 털어내서
세상 사람들에게 몽땅 반납하고
우주 삼라만상을 담고도 남을
텅 빈 집으로 돌아가고 싶다

* 기우귀가: 심우도 여섯 번째 그림

나 나누기

시를 쓴다
나누기를 배운다

빼서 나눌까
더해서 나눌까
아니면
곱해서 나눌까

나를
나누어
아낌없이 준다

시인은
늘
바보같이 웃으며
시를 쓴다

다 보인다

좌밀실 여통구坐密室 如通衢
새가 두 눈을 부릅뜨고
번잡한 네거리에서 세상을 감시하고 있다
구衢자를 닮은 cctv가 온 세상을 감시하는 요즘
나쁜 짓 하는 사람 너무 많아 달았다는데
감시당하고 있다고 생각하니 마음이 편치 않다

폐지 신고가는 할아버지 분홍빛 우산 씌워주는
긴 머리 여인의 비에 젖은 어깨 모습이
권숙월 시인 '찬란한 마음'의 거울에 다 찍혔는데
조주현 기자 러브레터 받은 것보다 더 설렌단다
경기일보 1만호 특집 덕분에 세상의 감동이 다 보인다

있는 대로 비춰 보인다는 업경대業鏡臺
생전의 복업과 악업을 샅샅이 기록했다가
저승에 갔을 때 심판의 증거로 삼는다는데
염라대왕 업경대에는 마음까지 다 찍힌단다
사람들아, cctv 피했다고 안심하지 마라

구衢자 거울 cctv 업경대 없어도
그대 마음 다 보인다
혜능대사 명경대 없다

16

* 六祖慧能 揭頌

　菩提本無樹 明鏡亦非臺 本來無一物 何處惹塵埃

떨어질 준비

봄바람 먹고
물오른 가지 끝에 태어난 생명

나는 붉은 동백
너는 분홍 동백으로 피어났다

용케도 살아남은 벌 몇 마리 날아와
꿀과 향을 나누어 주면서
서로가 마음 설렜다

봄비도 미안해서
조용히 내리던 날
나 떼어내고
너 떼어내고

뚝 뚝 떨어진
동백꽃 송이송이

환한 얼굴에
고마웠다는 말들 가득하다

나도 떨어질 준비 해야겠다

동그라미 놀이

<pre>
                직지사
      달봉산   연화지
     한문교실   사서삼경
   백수문학관   텃밭문학회
  어모군법당   道   골프연습장
    가요교실   강변공원
    사명대사길   인현왕후길
        수도암   청암사
               아파트
</pre>

가끔은 텃밭에도 간다
옥수수 땅콩 고구마가 손자들을 기다리고 있다
외박은 절대로 하지 않는다
쿠쿠가 저녁밥 지어놓고 기다리기 때문이다

동그라미 놀이 끝나는 날
모두가 뿔뿔이 인연 따라 떠나면
나도 동그라미도 없어지겠지

불안돈목 佛眼豚目

평소 삐딱한 말을 자주 하던 몇 살 아래 후배
오늘은 몇 년 전 세상을 떠나
극락왕생했을지도 모르는 내 친구를
구두쇠 고집불통 영감이라고 험담을 한다
듣기가 거북해 맞받아쳤다
뭐 눈에는 뭐만 보인다고

부처의 근처에도 못 가본 내가 부처인 양
무학의 말을 도둑질하며 부처를 팔았다
돼지와 함께 중생으로 살아온 내가
해탈이나 한 것처럼 나를 속였다

꼰대식 방법으로 가스라이팅하려 한다고
후배는 거세게 항의를 했다
절에 다닌 지가 이십 년이 넘었다고
부처도 아니지만 돼지도 아니라고 했다

앞으로는 따옴표를 써서 말하고
절대로 표절하지 않겠노라고
돼지의 눈으로 그냥
보이는 대로 살아야겠다고
굳게 다짐했다

산이 보인다

산등성이
꿀밤나무들이
노랗게 물든 잎을
떨어트린다

산이
낙엽들을 모아
나무 뿌리를 덮어준다

반쯤 낮아진 산이
떠오르는 보름달을 향하여
등줄기를 훤히 드러낸 채
백팔배를 올린다

산이
본래 모습을 드러낸다

지극정성으로
나무를 키워낸
엄마의
속마음이 보인다

알들의 배반

학창 시절 나는 천재였다
주산식 암산을 일찍 배워
백만 단위 열 줄을
십 초 내에 계산해 답이 나오는
신통한 학생으로 이름을 날렸다

135개나 되는 알을 모두 집중할 필요가 없다
그 많은 알에 집중할 수도 없다
한 알만 집중해도 천이 되고 억이 된다
필요한 알만 골라 굴리면 되니까
모르는 사람들은 천재라고 할 만하다

그런데 요즈음 들어 알들의 배반이 시작되었다
한알 한알 붙잡으려 애를 써도
말썽을 부리다가 도망가기 일쑤이다

나이 들어 찾아온 직지사 인연
주산 알을 닮은 108 염주 알을 들고
이십 년이나 들락거렸지만 쌓여진 업의 탓인지
염주 한 알의 답도 얻지 못하고 있다

어쩌겠는가 집중해도 배반하는 알들을
그저 내 곁에 머물러 줄
심성 착한 마지막 한 알을 기다릴 수밖에

연등접수

직지사 대웅전 마당
초파일 연등접수를 했다

오십이 조금 넘어 보이는 아주머니
가족 이름을 불러주어 따라 적었다

다 적고 난 뒤 머뭇머뭇하기에
빠진 사람 있으면 다 올리세요 했더니
망고라고 하나만 더 올려 달란다

혹시 외국 며느리라도 봤나 해서
다시 한번 이름을 확인했더니
사실은 우리 집 강아지예요 한다

강아지 연등접수는 처음이라 좀 황당했지만
부처님 앞에는 모두가 평등합니다 하고는
가족 건강 소원성취라고 발원문까지 정성껏 썼다

합장하고 연신 허리를 굽히며 고맙다 하더니
눈물을 글썽거리며 하는 말
하늘나라 간 딸의 눈망울을 너무 닮은 강아지란다
대웅전 마당에 관세음보살 염불소리 가득하다

적선통장積善通帳

법정 스님
생전의 법문이 불교방송에 나온다
통장 만들어 열심히 복 쌓으란다
퇴직 후 나도 직지 은행에 통장 하나 개설했다
요구불 아니고 저축성으로
마음 여리고 소신도 약한 내가
시도 때도 없이 꺼내쓰지 못하도록
부지런히 벌어서 꿀벌처럼 모아야 한다
거래가 뜸하면 잡좌에 편입되니까

비밀번호는 연기법이다
꽃 같은 마누라도 토끼 같은 자식도
비밀번호 없으면 찾을 수 없다
꼭 필요한 사람은 비밀번호 없어도
인연만 되면 찾아 쓸 수 있다

날고뛰는 보이스피싱도
지옥 예약해 놓은 흉악한 도둑놈도
절대로 꺼내 갈 수가 없으니 안심이다
열심히 갖다 맡기기만 하면 된다
이런 은행들이 많았으면 좋겠다

팔자

동글동글 동그라미 두 놈이 붙어
위로 아래로 잘도 굴러다닌다
하루에도 수천 번씩 들락거리며
숨바꼭질한다

1 2 3 4 5
가끔은 내비둬 하면서
놓아보는 편안함을 맛보기도 하지만
6 7 8은 아니다
내 몸에 가까이 있는 놈일수록
놓기가 쉽지 않다

8자란 놈은
철근 콘크리트로 단단히 굳어져
한 몸이 되었고 죽어도 같이 가겠단다
어쩌겠나 요놈의 팔자
바짓가랑이 껌딱지되어 떨어질 줄 모르니
날마다 잘 다듬는 연습하며
조심조심 살아갈 수밖에
9자로 뛰어넘어 입신의 경지에 들어가든지

하늘 닦기

뽀송뽀송 뭉게구름
너덜너덜 새털구름
꼬질꼬질 거먹구름까지
시킨 이 없는데
열심히 하늘을 닦는다

모양은 다 사라지고
하늘 닦던 구름도 없다
푸른 하늘을 마음에 담았다

마음 한구석을 지키고 있던
푸른 하늘마저 없어지고
모두가 텅텅 비어 있다

빈자리 너무 넓어
해님이
붉은 저녁노을
채워 놓고 갔다

해우소解憂所

생각없는 욕심으로 밥상을 받고서
음식 따라온 탐욕들 아랑곳하지 않고
정신없이 집어삼켜 나와 한 몸 되었건만
드디어 뱃속에서 전쟁이 터졌다

꾸루룩 소리가 나고 오장육부가 뒤틀리더니
독가스 잔뜩 품은 패잔병들이
아래로 슬금슬금 밀려 내려오기 시작한다
옷에 실수라도 할까봐 걱정이 태산이라
부처님 참배는커녕 해우소 참배가 더 급하다

엉덩이에 힘을 주고 몸을 뒤로 젖힌 채
해우소까지 겨우 다가가서 바지를 내리자마자
내 몸 한 덩어리가 걱정거리를 잔뜩 끌어안고
깜깜한 어둠 속으로 사정없이 떨어진다

시원하고 편안하다
비운다는 게 이렇게 큰 기쁨일 줄이야
해우소 바닥에 큰스님의 몸 한덩어리도
중생들의 번뇌 망상과 함께 소복소복 쌓여있다

제2부

꽃 그리고 나무들

누가 사랑을 놓고 갔네

봄비 오는 날
달봉산 올라가는 솔숲 길
누가 솔가리 모아
하트 만들어 두고 갔다

얼마나 뜨거웠으면
산속에 던져 버리고 갔을까
가슴 아픈 고통 감당할 수 없어
봄비에게 부탁했을지도 몰라

바늘 하나 꽂을 자리 없는
비좁아 터진 내 마음에도
활화산으로 치솟아 타오르던 불길이
거대한 용암 덩어리로 굳어져
바다보다 넓은 자리 차지하고 있다

이 지독한 업의 덩어리
잘게 잘게 부수어
솔숲 길에 내려놓고 싶다
봄바람에 안겨 제자리 찾아가게

물뿌리개

연화지 연꽃잎 뚝뚝 떨어져
돛단배 띄우더니
세월에 허리 굽은 연 줄기 끝마다
조롱조롱 물뿌리개 달았다

예닐곱 살 어린 시절
나는 담배모종밭에 물주는 당번
양철 물뿌리개 물 가득 담아 낑낑대며
어린 새싹 다칠세라 조심조심 물을 뿌렸다
들뜬 흙덩어리 바람들지 않게 다독이며
골고루 뿌릴 수 있도록 해준 도구였다

지구촌 곳곳에서 물난리가 났다
동네가 통째로 떠내려가고 산이 내려앉았다
물동이로 그냥 들이붓는 듯
계곡을 할퀴며 고목을 뿌리째 뽑아 버린다
수마를 간신히 피한 유족들은
흔적 없이 사라진 집터에 주저앉아
장대비를 맞으며 울부짖고 있다

하늘에도 물뿌리개 하나 있으면 좋겠다
밤하늘 은하수 물뿌리개에 가득 담아

보슬거리며 내리는 꽃비로 뿌려
세상 아픔 모두 모아 별꽃 잔치 한바탕 열고 싶다

봄비

연화지에 비가 내린다
빗물은 봄 이야기 바람에 가득 실어
메마른 가지 촉촉이 적셔주며
낮은 곳만 바라보면서
자기 자리 찾아간다

벚나무 뿌리 속으로 살며시 들어간 봄비
추위 피해 웅크리고 있던 아이들에게
하늘에서 배달된 연분홍 엽서
책가방에 차곡차곡 채워주며
봄맞이 가라고 재촉한다

벚나무 가지마다
쏟아져 나온 연분홍 사연
마스크 벗은 연인들 감탄이 터져 나오고
솜사탕 맛에 빠져 행복해하는 아이
사진 찍느라고 엄마는 바쁘다

연화지 가득찬 연분홍 속삭임
나는 아직 들리지 않는다
목련꽃잎 여백에 내 마음 담아 놓을 테니
봄비 너 하늘나라 돌아가는 날

내 님에게 전해다오

돌나물

가난을 업보로 태어난
질긴 생명이
눈바람을 뚫고
바위틈새를 기어올라
오동포동 살오른 손 내밀어
이른 봄을 알린다

앙증맞은 모습에 이끌려
휴대폰 셔터를 눌렀다

저장된 사진을 확대해 보니
굳은살 붙은 엄마의 굽은 등에
새싹들이 옹기종기 앉아 있고
이슬 맞은 이끼가
시린 등을 덮어주고 있었다

부침개 한 접시

연화지에 오월이 오면
각지에서 부침개 전문가들이 모여
부스를 차리고 축제가 시작된다
부침개를 맛보러 온 손님들로 연화지는
발들여놓을 틈 없이 북적거린다

들기름 대신 봄비 주루룩 부어
연잎 향내에 정성 더 얹어 노릇노릇 구워지면
봄바람이 따라와 뒤집어 준다

겉은 바삭하게 속살은 쫀득하게
잘 구워진 연잎 부침개
할머니 손잡고 따라온 손녀의 군침
연인들의 부풀어 오르는 설렘
부침개는 모두에게 하나가 된다

아내의 제사상에 연잎 부침개 한 접시 올렸다

솔향기 당신

달봉산에 신방 하나 차렸다

연둣빛 커텐 드리우고
파란 하늘 보이도록
지붕은 솔가지로 살짝 덮었다

창 너머 정원엔
연달래 물푸레나무 꽃 피우고
아무도 보지 않는
둘만의 비밀공간 만들었다

오랜만에 만난 그녀
으스러지도록 껴안고 몸을 밀착시켰다
뼈마디의 딱딱함을 느끼며
눈을 감고 입술을 갖다 대었다

가쁜 숨소리를 타고
향긋한 솔향기가
폐부 깊숙이 파고든다

곤줄박이 노래 부르고
각시붓꽃 부끄러워 고개 숙인다

눈 떠보니 입술에 소나무 껍질
부스러기 되어 붙어있다

아내가 사랑한 꽃

보리타작이 끝나갈 즈음
산속에서
홀로 피어난
아내가 사랑한 원추리꽃

짧은 만남이 아쉬워
늘 애태우지만
변함없이 마음으로 들어와
오늘도 반갑게 맞아 준다

어젯밤 비바람에 시달리다
꺾인 줄도 모른다고
토라져 얼굴 돌릴 때가
더 예쁘다
너를 찾을 수밖에

소낙비 떨어지는 소리에
마음 조급해져도
기다린다
비 그치면 달려가
너의 마음 꼭 껴안을 수 있을 테니

원추리꽃

몇 겁의 세월 위로
바람이 안고 간
풍경소리 끝자락에

허공의 업력으로
속세의 묵은 때를 벗겨가며
오늘도 새로운 꽃을 피워냈다

날마다 날마다 처음 보는 꽃
세상에 하나뿐인 제일 예쁜 꽃

고통을 지워 온 숱한 시간에도
하루를 채 버티지 못하고
인욕의 열매에 자리 비워주며
미련 없이 떠나버리는 너

너는 불이문不二門을 들어서는
진정한 수행자

자귀나무

밤이 되면
자귀나무는
두 손을 살며시 포개어
별님에게
우리의 사랑이 영원하기를 바란다

세상이 잠든 새벽
어머니는
정한수에 조각달 띄워놓고
가족들 건강하게 해달라고
합장하여 간절히 기도를 올린다

자귀나무
너는
새벽마다
합장기도하는
어머니를 꼭 닮았다

토사자兎絲子

여간해서는 지지 않는
텃밭대장 들깨 이랑에
수상한 침입자가 나타났다

무성하던 들깨 몇 포기가
산발머리 귀신같은 기생식물에 휘감겨
시들시들 말라가고 있다

뿌리도 없는
뿌리도 모르는 불법 침입자
태어날 때부터 뿌리가 없었겠냐만
커 가면서 남의 몸에 달라붙어
피를 빨고 살아가니
살기 바빠 제 뿌리도 모르는 놈이 되고 말았다

꽃 같지 않은 꽃으로 맺은 열매지만
엉큼하게도 남녀의 사랑을 풍요롭게 해준단다

그래도 절개는 남아있어
한쪽으로만 감아 오른 덕분인지
토끼가 콩밭에서 이것을 뜯어먹고
부러진 허리가 나았다고 한다

하나도 닮은 게 없어

달봉산 소나무가 키워 낸
볼이 통통 엄마 닮은 토종 구절초
넌 커서 부자 될 거야
얼굴 잘생긴 넓은 잎 구절초
아빠 닮아 인기 짱이지

하지만 소나무는 푸념이다
자기 닮은 구절초는 없다고

땅 얼지 말라고 솔가지 털어
소복소복 쌓아주고
젖은 눈 쏟아지던 춘분날에는
온몸으로 눈 받아 주다가
무성하던 가지 두 개나 부러뜨렸는데

오늘 아침 날개 젖은 나비 한 마리
내 품에서 쉬다 갔어
구절초가 위로한다
소나무야 너는 눈이 높아 못 본 거지

합혼수合婚樹

아버지는 너의 몸통을 잘라
자루를 만든 짜구 하나로
멋진 지게를 만들어 주셨다

지게를 지고 나무하러 가다가
너의 잎사귀 꺾어 손바닥에 두드리면
잎에서 나오는 수박 향기로
배고픔을 달래곤 했는데

그것이 밤새도록 사랑을 불태운
한낮의 나른함이었을 줄이야

해당화

얼마 전 사다심은 해당화
뾰족뾰족 머리를 내밀며 봄을 준비하고 있다

제대를 몇 달 앞둔 1968년도 1월 21일
무장공비 청와대 습격사건이 터졌다
공비는 소탕되었지만 제대가 무기 연기되었다

우리 부대는 삼척의 바닷가 시골 마을에 배치되어
중학교에 가지 못한 아이들을 대상으로
야간학교를 개설했는데 나는 수학과 주산을 담당했다
짧은 기간이었지만 아이들과 정이 들었다

제대한 몇 해 후 한 여학생의 전화가 왔다
대구로 시집을 왔는데 식사대접을 하겠단다
반가운 마음으로 달려가니 예쁜 새댁이 되어
오늘이 스승의 날이라며 선물까지 내민다

퇴직 후 귀향하여 소식 끊어진 지 수십 년
파도소리 들리고 바다 냄새 가득한 조개껍질 언덕
바람에 하늘거리는 해당화의 붉은 마음을 본다
너희들의 꿈을 키운 맑은 고향이 보인다

홍역 치른 연화지

벚꽃들의 유혹에 빠진 사람들로
연일 발 디딜 틈 없더니
오늘 아침 드디어 사고를 치고 말았다

김호중 소릿길
피아노 건반 모양의 의자에 앉아있던 마네킹

오는 사람 마다치 않고 사랑을 다 받아주더니
뒤뚱거리던 아줌마의 몸무게를 이기지 못하여
오른쪽 팔이 부러지고 말았다

즉시 실려 갔지만
상처가 심한지 아직도 의자는 비어있다

만개한 꽃잎들은 봄바람 따라
호중이 찾아다니는데
사람들은 빈자리를 차지하고 앉아
사진을 찍으며 깔깔거리고 있다

제3부

동물 그리고 곤충

깃동잠자리가 시를 읽는다

깃동잠자리 한 마리
펼쳐지지도 않은
연꽃 봉오리를 움켜쥐고
눈뿐인 머리통을
요리조리 돌려가며
가슴속을 들여다보고 있다

시간이 한참 지났는데도
깃동잠자리
꼼짝도 하지 않고 붙어 앉아
눈만 점점 더 커져간다

텅 빈 가슴에 보일 듯 말 듯
흩어져 있는 씨앗들
지루한 시간을 보내다가
아파하는 인연 만나
새싹이라도 틔운다면
한 편의 시가 되고 감동이 되어
세상으로 퍼져 갈 거야

다 보여 너의 마음이
그래, 시는 글이 아니라 마음이야

까마귀 지각한 날

달봉산 꼭대기 오늘도 아침 운동 회원이 모였다
하늘을 향해 뻗은 소나무 사이로 우뚝 솟은 티비 중계탑
꼭대기에 까마귀도 빠지지 않는 회원이다
심심하면 가끔씩 들리는 산까치 청설모는 준회원

– 정 사장님 오늘은 까마귀가 안 보여요
– 어디 초상집에 갔나 봐요
말이 끝나자마자 까악까악 나 여기 있다고 대답한다
모두들 한바탕 웃음보가 터졌다
그런데 지각한 까마귀 또 안 보인다

운동을 마치고 내려오는 길
동네 어귀에 장례차가 보이고
상복 차림의 사람들이 줄을 서 있다
마당 가득 꽃을 키우며 남 주기를 좋아해서
동네 노인들이 경로당보다 더 자주 가던 집이다

– 어머님이 돌아가셨습니다
– 많이 서운하겠어요 어머님 잘 모시고 오세요
갑작스런 문상을 마치고 지나는 골목길
동네 노인들 문간마다 말없이 서 있다
빨간 분꽃들이 지켜줄 빈집 하나 또 생겼다

꿀벌들의 가출

부항댐 수몰지역에서
해당화 한 그루 얻어와
마당가 화단에 심었더니
붉은 속마음을 숨김없이 내보인다

꿀벌들도 유혹되었는지 윙윙거리는데
빨간 꽃잎에 벌 한 마리 실어 카톡에 올렸다

"향기가 나니까 벌이 찾아 왔네요
우리도 나이 들수록 향기 나는 사람으로 살아요"

"꿀벌이 단체로 가출을 했대요
수십억 마리가 가출했는데 돌아오지 않는대요"

나도 댓글 하나 달았다
"어제는 벌통을 싣고가던 화물차가 전복되어
쏟아진 벌들이 고속도로를 헤매고 다녔대요"

벌들아 미안하다
어서 돌아와다오

따끔한 말

끈끈한 정 버리지 못하고 다시 찾아와
연두 병풍 둘러치고 신방 차렸다

아무 말 없이 손을 끌어당겼다
입안 가득 집어넣고
꼭꼭 씹어가며 눈을 감았다
달콤한 꿀과 향기가 오감으로 흘러들고
그녀는 말 한마디 없이 몸속으로 파고들었다

사랑은 그렇게 하는 게 아니야
사랑은 배려하는 거야
꿀벌이 따끔하게 한마디 했다
윗 입술이 조금씩 부어올랐다
생강나무 굴참나무 애기 박달까지
깔깔거리며 웃었다

홀딱 벗고 조심하고 홀딱 벗고 행복하소
검은등뻐꾸기 소리도 들렸다
길바닥에 떨어진 아카시아 꽃송이
가부좌 틀고 화엄경을 읽고 있다

말귀는 알아듣는다

쿠키와 얌전이가
구두 한 짝을 앞에 두고 연구 중이다

이곳저곳 냄새를 맡아보다가
머리를 통째로 밀어 넣어 보기도 하고
요리조리 앞발로 튕겨 보기도 한다

발 냄새가 난다 이건 신발이야
얌전이가 자신감 넘치는 표정으로
한쪽 발을 끼운 채 질질 끌고 가다가
마음만 앞선 탓인지 구두는 벗겨지고
몸은 책상 밑으로 굴러 떨어졌다

신발이 너무 커요 하나 사 주세요
얘들아 너희들은 길고양이란다
쿠키도 얌전이도
앞발 가지런히 모으고 듣고 있다

유난히도 추웠던 지난겨울 어느 날
사무실로 들어와 태어난 생명들이
이젠 정까지 들어 내보내지도 못하고
시청 동물과의 연락만 기다리고 있다

매미

아침 일찍 일어나 샤워를 했다
수건 한 장 들고 몸을 말리고 있는데
달빛 창 너머로 까만 물체가
안방을 들여다보고 있다

짙은 선글라스에 검은 망토를 걸치고
다리에 털이 숭숭 난 걸 보니
속옷도 입지 않은 것이 틀림없다

칠년 동안 감빵 생활을 한 성범죄자가
며칠 전 출소 했다는데
자세히 봐도 전자발찌는 보이지 않는다
혹시 관음증 변태 성욕자인가

나이 많은 날 찾은 걸 보니
전생을 다 알고 온 저승사자인가
아직은 아픈 데 없어 먹는 약도 없는데
낮술 취해 헛발질하고 있는 거야

하늘이 보고 땅이 보고
눈만 달린 괴물들이 다 보고 있어
허튼 생각 말고 연화지 달려가서

단풍 들기 전에 벚나무 끌어안고 실컷 울어봐
세상 많이 변했어, 정신 차려 이놈아

무지개다리

태어난 지 얼마 되지 않아 어미를 잃고
사무실에 들어와 눈병을 치료받던 까망이
달록이가 새끼를 네 마리나 낳는 바람에
한쪽 구석으로 밀려났는데 엄마 젖이 그리웠는지
새끼들 젖을 빨다가 쫓겨나고 말았다

다 낫지도 않은 놈을 쫓아내 걱정되었지만
그래도 밖에 사는 친구들과 어울리며
사료도 먹고 잘 놀아줘 고맙기까지 했다
그런데 까망이가 삼 일째 안 보인다
죽지는 않았겠지 어딘가 살아있을 거야
병원에 데려가 치료만 해줬어도
미안한 생각에 마음이 복잡하다

그러던 어느 날 아침 까망이는
옆집 스레트 지붕에서
사무실을 향하여 누운 채 주검으로 발견되었다

눈이 보이지 않아 밥도 못 먹고 헤매다가
캄캄한 지붕에서 따뜻한 사무실을 그리며
고통 속에서 죽어 갔을 까망이
지금쯤 무지개다리를 건넜을까

벌 소리

윙윙거리는 벌 소리 따라
아카시아꽃 핀다는 박 노인
오늘 아침에도
말벌이 떼 지어 날아와
꿀벌 한 통을 순식간에 작살냈단다
벌 농사 수십 년에 처음 보는 일이란다
꿀벌 수의사까지 생겼다며 알아보겠다고 한다

원래 말벌이 살던 곳인데
가축으로 꿀벌 숫자를 불려서 싸움이 난거지
꿀은 다 빼앗아 먹고 설탕만 먹이니까
힘도 없고 농사지을 생각도 없어져
게으름뱅이가 된 거지
교장으로 퇴직한 친구의 설명이 와닿는다

꿀이 귀한데도 팔리지를 않아
천병이 넘게 쌓여 있다는 박 노인
이래저래 걱정이다
딸기밭에 벌을 파는 게 수입이 쏠쏠하단다
그곳에서는 가축 노릇 톡톡히 하는가 보다
모처럼 만난 친구들 벌 소리만 하고 왔다

복돌이 생각

우체국에서 전화가 왔다
보이스피싱은 아닐까 싶어
멈칫거리다가 받아보니
혹시 강아지 키우냐고 물었다
아니라고 하고 끊으려는데
갑자기 아랫집 복돌이가 생각났다
무슨 일이냐고 물었더니
아줌마가 택배를 부치고 갔는데
따라온 강아지가 물건 옆에
꼼짝도 않고 붙어 앉아
사람들이 옆에만 가면 짖어 댄단다
강아지 주인아줌마는 가게 가고 없는데

가끔 간식도 챙겨주는 옆집 아줌마가 가서
맛있는 간식을 보여주며 나오라고 해도
유혹당하지 않으려는 듯 고개까지 푹 숙이며
택배 옆에 앉아 있더란다
아무 데서나 똥 싸고
전봇대 보면 한쪽 다리 들고 갈겨대는 똥개
목줄도 없이 연화지 돌아다니다가
언젠가는 시청에 끌려가 비명횡사할 거라고

복돌아, 나는 너를 보고 개 생각만 했는데
너는 사람 생각을 하고 있었네

뻑뻐꾸기

뻐꾸기 뻑꾹 뻑꾹
검은등뻐꾸기는
홀딱 벗고 홀딱 벗고 하는데
뻑뻐 꾹 뻑뻐 꾹
신세대 뻐꾸긴가 목소리 큰 놈 나타나
숨넘어갈 듯 정신없이 울어댄다

세월 따라가려니 바빠서 그러나
유튜브 스마트 기기에라도 빠져버렸나
세월 먼저 가라 하고 같이 가면 안 되겠니

산업화의 역군이란 자부심 끝자락에서
병맛 꼰대가 되어버린 나는
숨이 차서 따라 갈 수가 없다

세월은 구름에 실어 바람에 맡기고
철 따라 피는 꽃 예쁘게 모아
병맛 꼰대 단톡방에 모여
천천히 쉬어 갈 테니 너 먼저 가거라

* 병맛 : 병신같은 맛

살아왔구나 누렁아

벌겋게 독이 오른 흑구렁이가
세상을 집어삼킬 듯
아가리를 생긴 대로 벌리며
산들을 휘감고 꿈틀거린다

할아버지는 어서 도망가라고
축사 문을 열어주고
자신도 겨우 몸을 피했단다

괴물이 휩쓸고 지나간 마을
할아버지는 집을 찾아갔는데
도망가라고 풀어준 누렁이 가족들
한 마리도 빠짐없이 우사 앞에 모여 있더란다

시커먼 콧구멍을 벌렁거리며 할아버지를 보더니
꼬리를 흔들며 우사 속으로 들어가더란다

누렁이는 혼자 살아가는 할아버지의 전부
티비 카메라 앞에서 눈물을 쏟아낸다

새마을 씨돼지

모주 한잔 걸치고
오뉴월 마파람 맞이하며
흔들리는 불알에 장단 맞춰
껄때청으로 한 곡 뽑아대면
오늘도 어김없이 리어카가 온다
아랫동네 발정한 암돼지들이
기다리고 있기 때문이다

일을 마치고 돌아오면
깨끗이 청소된 집에서
푸짐한 음식에다 대접이 끝내 준다
다른 돼지들은
육 개월의 짧은 생을 살고 가지만
나는 벌써 삼 년이 지났다

그런데 얼마 전부터 리어카가 오지 않는다
사람들의 말이 돼지씨를 수입한단다
도살장에 가야 될지도 모른다
종족들이 죽어 가는 것을 보며 고통받다가
차례가 되면 죽음을 맞게 되겠지

세로의 꿈

나는 두 살배기 얼룩말 세로다

사춘기를 지나면서
세상 모두인 줄만 알았던 엄마 아빠를
한해 사이에 잃어버리고
상심에 빠져 밥도 못 먹고 있는데
옆집 캥거루까지 날 무시해
시비를 걸다가 사육사한테 혼쭐이 났다

사람들은 우리에게 성질이 더러워
말도 잘 안 듣고 쓸모가 없어
당나귀보다 못하다고 한다

나의 핏속엔
아프리카 사바나 평원에서
강력한 뒷발차기로 사자의 이빨을 부숴버린
야성이 불타고 있는데 어찌 참고만 살겠나

나는 탈출을 감행했다
6차선 도로에서
인간들이 자랑하는 자동차들과
경주라도 한번 해 보고 싶었다

연화지 빚쟁이들

쌈밥집에서 얻어먹고 사는 늙은 엄마는
키우지도 못하면서 새끼를 다섯 마리나 낳아
막내는 일찍 보내고 두 마리는 강제 분양되었다

내 이름은 꼬맹이다
늙은 엄마 대신 남은 동생 둘을 돌봐주고
눈칫밥을 얻어먹고 산다

계단 밑 한켠 폐가구 좁은 틈에는
막냇동생 단심이가 숨어 살고 있다
흙탕물 범벅을 하고 들어와 달달 떨더니
내가 돌봐 준 덕분에 털이 반질반질하다

마음씨 좋은 아주머니는
이놈의 빚쟁이들 하면서도 밥을 챙겨 주신다
가끔씩은 식당에서 남아 나오는 고깃덩이도 얻어먹는다
요즈음은 코로나 때문에 고기 맛도 보기 힘들다
어린 동생들은 아주머니가 참치 통조림도 준다

사람들은 자갈밭에 똥을 싼다고 난리다
밥 한번 챙겨주지 않으면서
아니면 모래 화장실을 하나 만들어 주든지

식당 안 시원한 곳에서 배부르게 먹고 나가는 사람들은
고마운 마음이 전혀 없어 보인다
모두가 빚을 갚는지 지는지 생각 없이 살아간다

연화지 물 빼던 날

나는 올봄에 연화지에서
태어난 새끼 잉어다

평화롭던 어느날
갑자기 물이 빠져
숨을 쉴 수가 없다

아이들은 하늘을 향해 입을 벌리고
어른들은 등지느러미가
물 밖으로 나와 햇볕에 말라갔다
공기는 점점 밀려 내려오고
얕아지는 물길 따라 온 식구가 몰려들었다

청년들은 공기를 밀어 내려다 힘이 빠져
미쳐 피하지도 못하고 하나 둘 죽어 갔다
악취가 난다며 시신은 거두어져
연못가 향나무 아래 묻혔다

소문을 들어보니 분수공사 한다고
사람들이 물을 뺐다고 한다
대대로 하늘 따라 살아왔는데
이제는 사람 따라 살아야 한다

왕이 죽었다

다리를 다쳐 절룩거리면서도
암컷들을 당당하게 공략했는데
오늘 아침 넓은 도로를 건너다 사고가 났다

죽은 줄 알고 가보았더니
고개를 들고 쳐다본다
박스에 담아 그늘진 곳으로 옮겼다
암컷들이 걱정스런 얼굴로 들여다본다

아침에 나와보니 왕은
감나무 밑 으슥한 곳에서
싸늘한 주검으로 누워 있었다

암컷들은 터질듯한 배가 무척이나 무거운 듯
뒤뚱거리며 돌아다닌다

곧 유복자 천지가 될 텐데
새로 선출된 왕은
어디로 갔는지 보이지도 않는다

총소리

오늘은 한 시간 앞당겨 산을 올랐다
사람은 보이지 않고 까마귀만 깍깍

길바닥 도토리 주워 주머니에 넣다가
모두 꺼내어 잘 보이는 곳에 모아 놓았다
배가 고파 꿀꿀거리며 엄마 따라다니던
새끼 돼지들이 생각났기 때문이다
혹시 총을 맞고 생을 마칠지도 모르니까

내려오는 길에 등산 친구를 만났다
멧돼지 사냥 알리는 현수막 봤냐고 물었더니
오다가 봤다며 좀 일찍 붙이지 한다
너무 일찍 붙이면 멧돼지들이
다 알아 버린다고 이제 붙였나 봐요

동네 어귀에서 총소리를 들었다
탕탕탕 시공을 가르는 슬픈 소리를

김천시, 달봉산 멧돼지 3마리 포획
돼지열병 포획단이 야생동물관리협회
열화상 드론팀의 공조로 어미돼지는 모두 잡고
새끼들만 열화상으로 확인되었단다

이제 등산객들이 안심하고 산에 갈 수 있게 되었다고
인터넷 신문에 보도되었다

침입자

오랫동안 비워 두었던 7층 사무실
수확한 들깨를 널어놓았다

며칠 후 아주머니 난리가 났다
누군가 들깨를 반 되 정도 훔쳐 갔다는 것이다
열린 창문은 방충망 시설이 다 되어있고
천정에도 구멍난 곳이 없는데
수사관의 눈으로 샅샅이 살펴봤으나
별 혐의점을 찾을 수가 없었다

그러다가 우연히 창가에 떨어진 참새 한 마리를 발견했다
털은 윤기가 좌르르 흐르고 통통하게 살이 올라
아직도 체온이 남아 있는 듯했다

에어컨 배관 옆 틈새를 통해 침입한 것으로 예상되지만
침입자의 죽음으로 일단 마무리 할 수밖에 없다

들깨 욕심에 눈이 어두워
비좁은 구멍으로 들어오긴 했으나
나갈 길을 찾지 못하고
창문에 부딪혀 죽은 것 같다

들깨를 훔쳐먹고 창문과 싸움질하다
화가 터져버려 모든 것을 끝내고 말았나 보다

종합병원

우리 사무실은 들고양이 종합병원
안과 환자 내과 환자 둘뿐이었으나
어제 산부인과 응급환자가 들어와
새끼를 다섯 마리나 순산하는 바람에
소아과 병동이 바빠졌다

산모 달록이는 노랑이 세 마리 까망이 한 마리
자기를 꼭 빼닮은 알록이를 낳고
기진맥진하여 원장이 챙겨주는
특식 통조림을 먹으며 산후조리하고 있다

문밖에는 봄에 태어난 형들이
통조림 그릇을 쳐다보며 침을 삼키고 있다
오늘 아침엔 안과 내과 환자들이
산모 곁에 붙어서 젖을 빨아 먹다가
원장한테 들켜 쫓겨나고 말았다

그런데 쫓겨난 안과 환자가
항생제를 열 번이나 강제 투약했으나
예후가 좋지 않아 실명 위기에 빠졌다
원장님은 마음이 아파 괴로워하지만
인연으로 돌릴 뿐 어쩔 도리가 없다

하얀 청개구리

세상 모든 흙먼지
그 작은 몸뚱이에
다 짊어지고
눈만 멀뚱멀뚱

용케도 살아남았다
트랙터 바퀴 피해가며

얼마나 놀랐을까 미안하다
유기농 한답시고 농약 비료 안 했지만
이웃에 부탁한 밭갈이는 생각 못했구나
호미질도 조심해야겠다

내일은 비가 온단다
하늘아
단비 흠뻑 내려
저 여린 몸 깨끗이 씻어다오
무겁고 어두웠던 마음까지 씻어서
파란 청개구리로 돌아오게 해 다오

홀딱새

소쩍새는 소쩍
뻐꾸기는 뻐꾹 하고 우는데
홀딱 벗고 홀딱 벗고
어쩌면 그리 야하게도 울어대는지
달봉산을 수십 년간 오르내리면서도
모습을 보지 못해 궁금했다

오늘 아침 드디어 울음소리 녹취해서
한문 교실 반장 선생으로부터
검은등뻐꾸기란 이름도 알아냈다

서방 죽고 자식 죽고 혼자 살꼬 둘이 살꼬
머리 깎고 빡빡 깎고 홀딱 벗고 홀딱 벗고
뻐꾸기가 뻐꾹소리 한번 못하고
헛소리만 해대니까
사람들이 헷갈려 말이 많지

마음을 가다듬어
탐욕도 성냄도 홀딱 벗고
정신 차려라
스님, 그게 그리 쉽나요

제4부

소소한 일상생활

구급차 뺑뺑이

삐뽀 삐뽀
달리는 앰뷸런스 안

눈떠봐
눈떠봐
퉁퉁 부은 한쪽 눈을 반쯤 뜨고
119 아저씨의
새끼손가락을 꼬옥 잡는다

살았구나
고맙다 아가야

29주 이른둥이가
처음 본 세상
지금은 인큐베이터 속에서
씩씩하게 자라고 있겠지
오늘 아침 티비 뉴스

그래도 다행이다

이발소에 갔다 삼십 년 가까이 단골인 이발사
얼마 전 요양원에 이발봉사를 갔는데
백다섯 살 된 할머니 이발을 했단다
얼마 남지 않은 머리카락이 너무 가늘고 솜털 같아
가위로 자르는데 무척이나 힘이 들었단다

나도 얼마 전 초등학교 동창 모임이 있었는데
주변머리 없는 놈, 속알머리 없는 놈이라며
놀려대던 친구 놈은 정작 문어머리를 닮았더라고 하니
이발소는 한바탕 웃음바다가 되었다

염색약을 바르고 잠시 기다리는 동안 이발사는
머리카락을 보면 그 사람 건강 상태를 안다고 한다
몸에 병이 있는 사람 병명까지 대충 맞출 수 있단다
남은 수명까지 짐작할 수 있다니 섬뜩하기까지 하다

노름판에도 돈 딴사람 잃은 사람 머리카락이 다르단다
돈 잃은 사람은 머리카락도 풀이 죽어
바리깡이 잘 들어가지 않는단다
나는 노름판과는 거리가 머니 안심이고
머리카락이 좀 희긴 해도 빠지진 않았으니
염색만 부지런히 하면 되니까 참 다행이다

나누기의 비밀

이랑은 비닐로 덮고
고랑은 숨 쉬도록 터 놓았다

비워둔 밭두렁엔 민들레꽃이
나비 한 마리 꼬옥 껴안고 입맞춤하는데
호박꽃은 벌 나비 찾아서 둔덕을 기어다닌다

땅 밑에는 감자 고구마 땅콩이
땅 위에는 상추 쑥갓 열무가 자란다

지렁이 땅강아지는 땅속에서
개구리 두꺼비는 땅 밖에서
한 가족으로 살아가는 농사꾼이다

땅의 표면을 선으로
그 아래위를 나누어 살아간다
농작물이 쑥쑥 자라면
나누어 주라는 나누기의 마음이다

받는 이 받아서 기쁨 커지고
주는 이 행복으로 가득해진다
나누면 커진다

나이 세탁

요즘 세상 건강한 사람 많아
자기 나이에 0.7을 곱해야
실제 나이란다

계산 빠른 나는
벌써 54.6이 머릿속에 나와 있는데
모두 열심히 셈을 하기도 하고
하나바다 씨는 계산기까지 두드리며
자기는 47.6세라고 한다

여자가 자기 나이를 밝히는 것이 쉽지 않지만
살짝 세탁해주니 금방 얘기해 버린다
나는 빙긋이 웃으며 68세군요 하니까
얼굴이 빨개지면서 쉿, 하고
검지를 입에 갖다 댄다

세상에 돈세탁도 어렵다지만
나이 세탁도 쉽지 않다
한국이든 일본이든
그래도 나이 젊게 봐주는 건 싫지 않은가 보다
한세대 30년이 늘어진 세상이다

별것도 아닌 별것

한문 교실 친구의 이야기
열여섯 명이 계 모임을 했단다
매월 1일과 16일 두 번씩 모였는데
한 사람이 사고로 세상을 떠나자
매월 15일 한 번만 모이기로 하고
남은 사람 숫자에 날짜를 맞춰
십 명이 남으면 10일에 아홉 명 남으면 9일에
마지막 한 사람이 남을 때까지 하기로 했단다

그날이 2019년 9월 9일 저녁 9시
구구식당에서 했는데
저녁값이 9만9천 원 나왔단다
그 후 요양원에 가고 치매 걸리고
여섯 명 남았는데 모임을 끝내기로 했단다

다 듣고 보니 별것도 아닌데
별것인 것처럼 의미를 붙여
세상에 이런 일이
티비 프로에 나올 만하다고 열을 올린다

불러드릴까요

모처럼 여행길
모텔 방 하나 잡았다

주인아주머니 하는 말
"불러드릴까요"
밤이라 어둡긴 하지만 그렇게 젊어 보이나 생각하며
"괜찮아요" 하니
"추울 텐데요" 한다

초여름 날씨라 30도를 오르내리는데
춥긴 뭐가 추워 하고 혼잣말을 했다
술기운에 곯아떨어졌는데
새벽이 되자 냉기가 잠을 깨웠다

가방을 들고나오는데
"안 추웠어요" 또 묻는다
"새벽에 약간요" 하니
"그 봐요, 불 넣어 드린다고 해도 괜찮다고 하시더니"

나이 든 친구는 별것도 아닌 일을
무슨 무용담이나 되는 것처럼 너스레를 늘어놓는다

아저씨가 없으면 허전해요

달봉산 정상
아침 시간이면 서너 명이 모여 운동을 한다

이틀 동안 일이 있어 못 갔는데
빨간 등산복을 예쁘게 차려입은 아주머니 한 분
"아저씨가 없으면 허전해요"

내가 달봉산 주인도 아닌데
팔십이 다 된 나를 보고 아저씨라 한다
존댓말이 아니어서 더 좋다
혹시 평상시에도 나를 생각하는가

내려가서 봄맞이 등산복 한 벌 사야겠다

없던 몸

예약 시간 여덟시 반
분명히 눌렀는데
쿠쿠가 잡곡밥을 짓기 시작한단다
아침 운동 가려다 꼼짝없이 붙잡혔다

영어 이름을 가진 놈이라
한국말을 잘못 알아들었나
이런 일이 한 번도 없었는데

"야, 임마 여덟 시 반에 예약했잖아"
화가 치밀어 올라 고함을 질렀지만
들은 척도 하지 않는다
씩씩거리고 있는데
밥이 다 되었으니 잘 저어란다

"알았어 임마"
할 수 없이 새벽밥을 먹으며 가만히 생각해보니
예약시간 누르는 걸 깜빡한 것 같기도

쓸모없는 아집들이 건망증을 데리고
내 몸속으로 들어와 자리 잡는다

여자 목소리

주방에서
여자 목소리가 들렸다

아침 운동에 흠뻑 젖은 땀
시원하게 씻고 나와
아침밥을 먹으려는데
어찌하겠는가 일은 벌어졌고
난닝구랑 빤스랑
안방 서랍에 다 있는데

까짓거 볼 테면 보라지
혼자 사는 영감탱이
더위에 지쳐 홀라당 벗고 있겠지
다른 일이야 있겠어

벌떡 일어서서 안방으로 가면서
주방 쪽을 슬쩍 훔쳐보니
빈 쿠쿠 밥솥 전기코드가 그냥 꽂혀 있다

삼사일에 한 번씩 하는 밥이라
깜빡했더니 절전모드로 바꾼단다
한바탕 껄껄 웃으며 전기코드를 뽑았다

오늘의 운세

퇴직한 지 어언 이십여 년이 지나
팔십 줄에 들어선 친구 네 명이
운동을 마치고 식당에 들렸다

한 친구가 우리 나이는 오늘의 운세에도
나오지 않는다며 투덜거린다
살아있는 것만 해도 행운인 줄 아라는 건지
나이 든 사람들은 운세도 볼 필요가 없다는 건지
얘기를 전해 들은 사위가 조선일보에 항의할까요
하길래 웃음으로 받아 주면서도 씁쓸했단다

직장생활 때는 일간스포츠에 나오는 오늘의 운세
기분 좋은 것은 정독을 해서 기억을 하고
찝찝한 내용은 덮어 버리곤 했던 기억이 난다
오늘의 운세에 푹 빠져 개 범 양은 물론 토끼까지
띠별로 읽어가며 좋은 일이 생길 것 같은 기대감으로
기분 좋게 하루를 보내기도 했다

혹시나 해서 김천시 밴드에 들어가
오늘의 운세를 찾아보니 48년생부터 나온다
그래 이제 그런 것 안 봐도 될 나이
쌓아놓은 복 까먹지 말고 열심히 복 지으며 살자

욕 같지 않은 욕

이불 탈탈 털고
창문 있는 대로 열어제쳐
환기시켰다
구석구석 소독약 뿌리고
빡빡 닦았다

코로나가 쌍욕을 해댄다

그렇게도 추접스럽게 살더니
나하고 무슨 원수가 졌나
영감탱이,
내가 너무 쉽게 봤어
처음부터 거세게
공격했어야 했는데

에이 씨불 씨불
힐끗힐끗 돌아다보며
씨부렁거리고 있다

이름

꼬추로 세상에 태어나 똥강새이로 컸다
아버지가 이름을 지어 호적에 올리고
학생 군인 총각 애인으로 살다가
천사 같은 여인과 결혼식을 올린 후
아들 셋의 아빠가 되고 학부형이 되었다

지점장을 지내고 고향에 내려와
건물주가 되었고 대자연인이고 싶었는데
초등학교 친구들과 만나 어울리면서
나는 쑤세란 별명을 또 얻었다
자기들은 얌저이 점자이라고 부르기로 했단다
그래, 나는 쑤세로 살 테니 네놈들 고생 좀 해봐라

이름이라는 나의 조각들 다 놓아 버려야 하는데
소낙비 지난 뒤 부유물처럼 아직도
세월의 강물 위에 둥둥 떠다닌다
사랑이 영원할 것이라고 굳게 믿었던 여인이
붙여 주었을지도 모를 강아지의 다른 이름도 보인다

인연 따라 내가 된 이름들 본래 내 것이 아니었기에
이젠 저 세월의 강에 모두 띄워 보내기로 작정했지만
아이들 핑계삼아 먼저 간 아내와의 쌍분 묘비 상단에

－ 蓮軒普光和順崔公元鳳之墓라고 또 욕심을 부렸다

이발소에서

칼바람 겨울 추위에
따스하게 감싸주던 머리카락들이
가위질에 힘없이 잘려 나간다

잘려진 머리카락은
받쳐놓은 보자기에 쌓여
쓰레기통으로 들어간다

뾰족이 내밀던 수염도
날카로운 면도날에 잘려
휴지통에 버려진다

내 소중한 몸의 일부가
이제 쓰레기란 이름을 달고
소각장으로 갈 것이다

잘못 가셨군요

모처럼 만난 친구들
운동 끝나고 식당에 들렸다

나이가 드니 온통 아프다는 얘기뿐
스텐트 시술도
한 번 받은 경력으론 얘깃거리가 안 된다
네 번이나 받은 사람도 있으니까

가만히 듣고만 있던 교장 출신 친구
아랫배가 살살 아파 내과에 갔더니
약을 삼 일간 처방해 주더란다

먹고나도 개운하게 낫지를 않는다길래
나도 한마디 거들었다

배가 아프면 사촌한테 가 봐야지
가서 논 샀냐고 물어보면
당장 답이 나올 텐데 잘못 가셨군요

썰렁한 농담이었나
아무도 웃지 않는다

적성검사

노인들은 사고를 많이 낸다고
운전 면허 갱신 조건이 까다로워졌다

교통안전 교육도 받고
치매 검사도 받았다
결과는 모두 백 점 만점

예전 같으면 연말이 다 되어 하던
건강검진도 겸사겸사 서둘러 마쳤다

내시경검사 엑스레이검사 모두 이상없고
혈관나이는 59세로
지난번 검사보다 3년이나 낮아졌다

결과지를 무슨 보물이나 되는듯
만나는 사람마다 보여주며 자랑을 해댔다
옆집 아주머니는 벌써 세 번째라며 핀잔을 준다

광주 사는 어떤 영감은 청력검사 대신에
정력 검사 받으러 갔다는 소문도 들었다

나는 청력검사까지만 받았다

초밥

초밥은 재료가 좋아야 한다
생선과 밥의 절묘한 조화가
초밥의 품질을 좌우한다

초밥은 반드시 남자가 만들어야 한단다
훌륭한 재료에 만드는 사람의 정성
참선을 하듯 안정된 체온이 더해질 때
최고의 초밥이 만들어진단다

여자는 생리적으로 체온 변화가 심해서
안정된 온도를 유지하기가 어렵단다

이번 일본 여행에서
유명한 남자 요리사가 직접 만든
나나오 문화원의 정성까지 보태어진
최고의 초밥을 맛보고 왔다

치매 특강

일본 자매결연 문화원을 방문 했다
나고야 공항에서 네 시간 버스길
마침 의사 한 분 동행해서
치매 특강이 있었다

치매 걸린다는 건 하늘의 축복이란다
치매는 아무나 안 걸리는
아주 운이 좋아야 걸리는 병이란다

손자 업고 손자 찾다가
늦게라도 등에 있는 줄 알면
심한 건망증일 수도 있지만
손자 안고 이게 누구 아이인고 하면 치매란다

가이드가 끼어든다
화장실 가서 이것이 무엇에 쓰는 물건인고
하면 고칠 수 없는 치매란다

특별법

남자가 여탕에 들어가면
불법무기 소지죄
여자가 남탕에 들어가면
건조물 방화죄

불용무기 소지죄는 형량이 아주 높아
경로 대상자는 특히 조심하라는 우스갯소리

총알도 없는 총을 왜 갖고 다니느냐
공갈 협박이나 하려는 것이 틀림없다 이거지
부모님이 주신 총을 버릴 수도 없어
어쩔 수 없이 달고 다니는데 어쩌겠나

깊어가는 가을
은빛 억새가 바람에 날린다

하늘 냇물

하늘 냇물이 꽃잎 다칠라 조심조심 내려간다
숲속을 지나다 바위 만나면 돌아서 가고
웅덩이 있으면 채워주고 떠난다
계곡을 내려와 하얀 모래 위를 지나면
원추리 피고 산새 우는 길이 나온다

가다가 길을 잃었다
이정표도 없이 마음대로 바꾸어 놓아
길을 찾아갈 수가 없다
갑자기 낭떠러지 나타나 바위와 토사를 안고
길바닥으로 곤두박질치며 마을을 덮쳤다

우루루 몰리다 보니 둑이 터지고
낮은 곳을 향해 정신없이 밀려갔다
그렇게 아픈 사연들이 있는것도 모른 채

사람이 없는 곳엔 길이 있는데
사람이 있는 곳엔 길이 없다
냇물 따라 강물 따라 흘러가다가
따뜻한 햇살 함께 나 하늘나라 돌아가는 날
잘 살다 간다고 해줄 수 없겠니

제5부

옛날이야기 그리고 가족

ㄱㄴㄷㄹ

한글날을 맞아
조선일보 오종찬 기자의 oh!컷을 보았다

전교생 20명인 지례초등학교
100년이 넘은 이 학교 건물
리모델링 하면서 건물 외벽을
한글 자음 ㄱㄴㄷㄹ로 디자인했단다
건물은 지례면의 트레이드 마크가 되고
학교의 큰 자랑거리가 되었단다

고향 들릴 때는 무심코 봤는데
자세히 보니 빨강 노랑 초록으로
건물 앞쪽 벽을 장식하고 있었다
"ㄱㄴㄷㄹ 배우는 우리
선생님을 따라서 공부 잘하자"
그 시절 노랫소리가 들려왔다

"700명 건아가 하나 되어"
풍성한 가을 운동회 모습
고구마 햇밤을 삶아서 구경 오신
나이 드신 엄마의 모습도 아른거린다
추억들이 사라질라 걱정이다

갈가지

앞니 두 개를 심었다
뿌리부터 심었는데
두 달 지나야 윗부분을 꼽아 준단다

엄마가 심어주신 영구치
이것저것 욕심내어 갈개질을 해댔더니
한심한 일흔 살 늙은 갈가지가 되었다

엄마가 보고싶다
"아이고 내 새끼, 우리 강생이"
미운 일곱 살 갈가지 때는
뿌리를 심지 않았는데도
엄마의 말 힘으로 튼튼하게 자랐다

저녁노을 갈바람 속에서
엄마의 목소리가
아스라이 들려온다

도랑에 갈 일도 없지만
잉어 새끼 붕어 새끼도
무시할 나이다

갈애渴愛

빠지고 싶다
벌써 빠진 것 같아

빠지지 말랬잖아
빠지면 안 돼

파리 한 마리
찻잔을
맴돌고 있다

갱시기 한 그릇

청명 날 눈이 내린다

김장김치에 고사리나물 넣어 끓인
김이 술술 나는 갱시기 한 그릇
숟가락을 들었다

그릇 속에 어머니가 보인다

어머이 오셨능교
갱시기 잡사봐요

어머이
벌통에 바람이 들었나
벌이 농사를 안 지어요
똥구멍이 얼어서 쏘지도 않아요
아들은 벌통을 꽁꽁 싸맨다

어머이 하매 갔능교
쪼매마 더 있다 가지

그릇 속으로 눈이 내린다
갱시기 한 그릇 눈물을 말아 먹는다

검지가 달을 가리키다

모양은 조금씩 달라도
손가락 열 개는 공평하게 태어났다
열 손가락 깨물어 안 아픈 손가락 없다고

학교에 들어 가면서 손가락셈을 배웠다
검지부터 소지까지는 하나
다섯 개가 모여야 엄지 하나가 된다
주산 알과 꼭 닮았다
주산은 손가락을 본따서 만든 것 같다

살아가면서 엄지의 존재가 커져갔다
일등은 맨날 엄지가 다 차지하고
뭐든지 최고면 엄지척 한다
숨겨놓은 남자친구를 말할 때도 엄지

군대 가서 사격훈련 받을 때
비로소 검지의 소중함을 알았다
엄지가 하는 일을 말없이 도와 주기만 하고
엄지척에 같이 기뻐하던 검지의 마음

검지야 너의 마음으로
네가 가리키는 추석 달을 본다

궁금하다

무논 얼음판
아버지가 만들어준 썰매로
벼 그루터기 사이를 달리며
동네 아이들과 놀던 일이 생각난다

대여섯 살쯤 되었을까
양말도 없이 검정 고무신에
밑 터진 까만 무명바지를 입고
신나게 썰매를 타다가 벼 그루터기에 걸려
벌러덩 넘어지고 말았다

논둑엔 여자아이들이 구경하고 있었고
춘자도 바로 옆에 서 있었다
밑 터진 바지를 입고 하늘을 향해 누웠으니
중요한 부분을 다 보았음이 틀림없다
온전하게 보지는 못했을 것 같지만
그 사건만 생각하면 얼굴이 화끈거린다

다 봤을까 아직도 기억하고 있을까
모든 것이 확 변했는데
그때 네가 본 것은 지금 내 것이 아니야

꼬마별 하나

초등학교 자연 시간
수금지화목토천해명
무지개 색깔 다음으로 많이 외운 말이다
키기 작아 제일 앞줄에 앉았던 친구
태양계에 대하여 열강 중인 선생님 앞에서
"지가 하늘에 올라가 봤는강?"
혼자 말로 한다는 게 선생님 귀에 들어가고 말았다
"그래 나도 올라가 보지는 못했다 이놈아"
출석부로 뒤통수를 세 대나 얻어맞았다
평소에도 쪼꼬만 녀석이 대라진 소리만 하던 터라
선생님은 한참 동안 화가 풀리지 않았는지
얼굴이 벌겋게 달아올라 씩씩거리고 있었다

정주영 회장은 '해 봤어?'로 세계적인 기업을 일구었다는데

열반을 강의하던 불교대학 일우 법사
한참 동안 머뭇거리더니 말로서는 설명이 안 된단다
자기도 열반 해 본 적이 없으니까

얼마 전 그 대라졌던 친구가 하늘나라로 갔다
태양계가 궁금해서 빨리 떠난 건지
새벽하늘에 꼬마별 하나 반짝거린다

바위 깨기

템플스테이 신청을 했다
특기사항엔 '편모슬하' 라고 썼다
고등학생 예원이와 중학생인 재민이
하룻밤이라도 같이 지내고 싶은 할아버지 마음에
스님들과 예불도 함께 하고
단주를 만들어 팔목에 끼고 백팔배도 했다
분위기 탓인지 아이들 말이 없다

돌아오는 길에 식당에 들렸다
손녀가 피시방 가면 안 되요 한다
피곤할 텐데 한 시간만 하고 와 했더니
열두 시까지는 놀다 와야지 한 시간이 뭐예요
식당 이모가 끼어든다
아이들 얼굴엔 생기가 돌고 눈이 반짝거린다
이모 좋다고 내일 점심도 여기서 먹자 한다
아이들은 열 시도 되기 전에 돌아 왔다
할아버지 걱정하실까 봐 일찍 왔단다
아빠의 자리는 원래 비어 있었는데
나 혼자 큰 바위 들여놓고 힘들게 깨고 있었다

빛바랜 엽서

모처럼 할아버지와 함께한 손녀
고등학교 이학년이 되었다
저녁을 먹고 티비를 보고 있는데
엽서 한 장을 들고 온다

세상에서 제일 사랑하는 손녀 예원아
예쁘고 귀여운 모습 너무 보고 싶다
사랑하는 손녀 위해 열심히 배워서
이따 만나면 가르쳐 줄게

선마을이란 곳에서 요양생활을 하던
할머니가 보낸 엽서 한 장
십여 년이 지나 손녀에게 배달되었다
무엇을 배워 가르쳐 주실려고 했을까요

궁금해하는 손녀에게
병 안 걸리고 건강하게 사는 법
우리 손녀가 행복해지는 방법 아닐까

선마을에 데려다 주고 오던 날
당신의 뒷모습이 너무 멋져요
빛바랜 엽서를 또 읽었다

손녀 예원이

할머니와 마주 앉아
과자봉투를 뜯고 있다
할머니 한 개 나 한 개
부스러기는 할아버지 줄까

아내의 얘기를 듣는 순간
뭐라고 요것이, 하면서도
귀여운 마음이 훨씬 더 했다

일에 바빠 같이 오지 못한 제 아빠
깜까미가 아빠 잡아가면 어떡해
눈물 글썽이며 걱정하던 손녀 예원이
이제 고등학생이 되었다

네가 따르던 할머니도
걱정하던 아빠도
세상 떠난 지 십 년이 지났구나

이제 하늘나라 별되어
우리 예쁜 손녀 내려다 보며
빙그레 웃고 있을거야

아내 생각 2

일본 자매결연 문화원 방문길
10월 초순인데도
후지산은 하얀 고깔모자를 썼다

후지산을 한 번도 올라가 보지 못한 사람은 바보
두 번 올라간 사람은 더 바보
후지산 바보들이란다

후지산 오르기가 사랑 보다 어렵겠나
한 번도 사랑해 보지 못한 사람은 바보
두 번 사랑한 사람은 더 바보

사랑
다시는 안 한다

아버지

해방 맞아 찾은 조국 땅
열한 남매와 먹고살길 없어
길 닦이 담배 감정 궂은일 마다않고
평생 일만 했는데
어린것들 넷이나 저세상으로 보낸 아버지

뒷산엔 올해도 싸리꽃이 피었어요
칡넝쿨로 단단히 묶은 바소쿠리 매듭은
아버지의 굵어진 손가락 마디였습니다

오일장터 한켠 꾸벅꾸벅 졸고 있는 아버지 앞에서
바소쿠리는 함박웃음 웃으며
새 주인을 기다리고 있었지요

주막 막걸리 한잔 하고는
오리 길을 노래 부르며 집으로 가는 길
자식 농사 잘 지었다고 보는 사람마다 칭찬 가득
그렇게도 기분 좋아하셨다지요

백서른한 번째 아버지 생일 아침
싸리꽃 붉게 핀 달봉산에 올라
'쑥대머리' 한 곡 뽑아 봅니다

엄마의 빈집

"어서 온나, 배고푸재"
젖은 손을 앞치마에 슥슥 닦으며 뛰쳐나온 엄마
문지방에 걸터앉은 아버지의 곰방대에서는
연기가 너울너울 인사를 한다

마당 안쪽에 걸어놓은 가마솥에
수제빗국 익어가는 소리가 보글지글
앞마당 텃밭 풋고추 상추 따서
시원한 뽐뿌 물에 씻어 소쿠리에 가득 담고
온 가족 둘러앉아 점심을 먹는다

작은방에는 가지 채로 잘라 덮어놓은 뽕잎 위로
사각사각 누에가 커가는 소리
장독대 앞 빈터에는 빨간 봉숭아 한포기
붉은 발을 야무지게 딛고 서 있다

엄마의 빈집 구석구석 마다
멈춰있던 흑백 추억들이 동영상으로 움직인다
"인자 설에나 올랑가, 어이 가 빠스 노칠라"

눈꺼풀이 무겁던 유월의 어느 날 오후
엄마가 갇혀있는 빈집을 다녀왔다

113

염화미소

아내의
사십구재가 끝났다

관음전에 들렸다

관세음보살이
나를 보고
웃었다

옥수수밭에서

키보다 높게 자란 옥수수밭에
옥수수가 팔뚝만 하게 자라나
수염이 마르면서 익어가고 있다

옥수수밭 그늘에서 잠시 쉬고 있는데
당신이 농사지은 옥수수
딱딱해지기 전에 따서 택배로 보내세요
아내가 환히 웃는다

다시 보니 아내의 모습은 보이지 않고
손주들 모여 앉아 옥수수 먹고 있던
단톡의 동영상이 떠 오르고
활짝 웃고 있는 막내 동준이
앞니 하나 빠져있던 모습도 눈에 선하다

내가 농사짓고 아내가 지켜준 옥수수
충치는 물론 덧니도 없다
가지런하게 줄지어 교정할 필요도 없다

알았어요, 주말에 아이들 먹을 수 있도록
빨리 따서 바로 포장해 보낼께요

우산 하나

수업이 끝나고 집으로 가는 길
번개 천둥소리와 함께
하늘이 터져 버린 듯 소나기가 쏟아졌다
책가방을 안은 채 냅다 뛰다가
길가 집 대문간에 들어가 비를 피했다
머리에서 빗물이 줄줄 흘러내리고
온몸이 흠뻑 젖어 새앙쥐 마냥 웅크리고 있는데
반쯤 열린 대문 사이로 넓은 마당이 보이고
하얀 브라우스에 까만 치마를 입은
단발머리 여학생의 모습이 눈에 확 들어왔다
여학생은 대문을 열고 나오더니
아무 말도 없이 우산을 내밀었다
나도 말 한마디 안 하고 우산을 받았다

이튿날은 햇볕이 내려쬐는 날씨였지만
책가방 사이에 잘 말린 우산을 넣어
그 집 앞에서 한참을 기다렸으나
그 여학생의 모습은 보이지 않았다
친구들의 놀림에 말도 못한 채
일주일을 서성거렸으나 돌려주지 못했다
내가 마음에 들었을까 측은해 보였을까
아니야 그냥 착한 마음이었을 거야

세월이 한참 흐른 후 그 집을 찾았으나
높은 아파트들이 들어서 흔적조차 찾기 어려웠다
60년이 흘렀지만 아직도 마음에 우산 하나 남아 있다

이장移葬

텃밭 지나 산어귀 가족 묘원
연꽃 한 송이 그려 넣은 묘비를 세웠다
세상 떠나는 일을 미리 알 수 없어
아내 이름 위에 내 이름까지 넣었다

갓바위 백일기도 간절히도 다니던 아내
막내아들 대학 들어가고
모처럼 단둘이 외식 가는 길
나이 들면 막내하고 살고 싶다고 했더니
결혼하면 엄마는 찬밥 신세 될 텐데 하더란다

막내 자랑인 것 같기도 한데
입가엔 쓸쓸한 미소가 흐른다
어릴 땐 엄마와 결혼하겠다고 하던 놈이
그 봐, 나이 들면 부부밖에 없다고 하잖아
어깨에 힘을 주며 거들먹거렸는데

차가운 상석 위에 술 한 잔 올렸다

해설

서정적 자아에서 탐색하는 시적 진실

서정적 자아에서 탐색하는 시적 진실

– 최원봉 제2시집 『그림자에게 물었다』

김 송 배
(시인·한국문인협회 자문위원)

1. 자각으로 접근한 인생론 탐색

최원봉 시인이 첫 시집『동그라미의 끝』을 상재한 후 그동안 사유(思惟)의 다채로운 변화로 보다 폭넓은 주제를 창출한 두 번째 시집 『그림자에게 물었다』를 발간한다. 그는 이 "그림자"에게 물어본 현실적 혹은 정신적 의문은 무엇일까. 그의 정신세계에서 인생적 또는 문학적인 가치관은 올바른 도달점은 어디이며 무엇인가를 예측하려는 그의 철학적인 심오(深奧)한 내면적 진실이 내포되어 있기 때문이다.

흔히들 시의 주제나 시적인 위의(威儀)를 인생의 가치관에서 지향(指向)해야 할 규범이 인본주의(humanism)의 원리에 초점을 맞춘다면 우리들의 일상생활뿐만 아니라 문학의(특히 시의) 본령은 더구나 이를 초달(超達)하지 않아야 할 것이다.

최원봉 시인은 이처럼 형체도 없는 그림자에게 많은

의문을 제시하고 있다.

산이 내려와
안마당 툇마루에
걸터앉았다

산에게 물었다
재 너머 양 갈래머리 소녀를 보았냐고
못 봤다고 한다
원추리는 피었냐고 물었다
모른다고 했다

시집간 언니 찾아가던 그 소녀
길을 몰라 집 앞까지 바래다주고
마중 나온 형부 때문에
인사도 못 했는데
산에게 물어보겠다고 한다

나는 산이 아니라 산 그림자란다
길게 누워 있던 산 그림자
노을 따라 떠나가고
홀로 남은 나는 아직도
그림자만 좇아 다닌다

　　　　　　　　　　－「그림자에게 물었다」 전문

이처럼 그림자는 무형(無形)이지만 대자연이나 인간사

에 대한 무수한 의문점을 풀어줄 주술사의 영혼을 가졌
는지 모르겠다. 그는 안마당 툇마루에 걸터앉아서 평소
에 해독하지 못한 몇 가지 문제를 물었으나 잘 모르겠
다는 대답과 함께 "산에게 물어 보겠다고 한다/ 나는 산
이 아니라 산 그림자란다"는 여운을 남기고 고독한 현
실에서 그는 아직도 많은 의문을 해갈하지 못하고 있는
것이다.

  그의 의문에는 "재 너머 양 갈래머리 소녀"와 "원추
리가 피었느냐"라는 현실과 자연의 생경한 의문일 수도
있겠으나 어쩌면 그가 평소에 염원하던 이들의 불합리
한 요소들이 이 세상을 지배하는 현실을 조화롭게 긍정
하려는 그의 내심(內心)을 읽을 수 있게 하고 있어서 인
생 본령의 정도인 수행을 위한 혼란이 아닌가 싶기도
한 것이다.

  몸에 스며든 추악한 것들이
  아름다움과 사랑으로 포장되고
  엉터리 정보들이 알음알이의 탈을 쓰고
  내 영혼에 붙어 산다

  세상아 속아 줘서 고맙다
  착각하고 우쭐대던 자존심들
  내 것이라고 많이도 속였다

  사랑도 미움도 번뇌 망상도 털어내서
  세상 사람들에게 몽땅 반납하고

우주 삼라만상을 담고도 남을

텅 빈 집으로 돌아가고 싶다

　　　　　　　　　－「기우귀가(騎牛歸家)」 중에서

　최원봉 시인은 이러한 혼란스런 삶의 사유에서도 그
가 지향하는 극락왕생이라는 인생 대명제의 범주에서
현실과 영혼의 이해를 위해서 포용과 긍정의 미덕을 자
성하고 있다. "세상아 속아 줘서 고맙다/ 착각하고 우쫄
대던 자존심들/ 내 것이라고 많이도 속였다"는 진솔한
심중은 결론으로 적시한 "사랑도 미움도 번뇌 망상도
털어내서/ 세상 사람들에게 몽땅 반납하고/ 우주 삼라만
상을 담고도 남을/ 텅 빈 집으로 돌아가고 싶다"는 간절
한 기원의 의지가 담겨져 있다.

　이러한 의식의 흐름은 평소 그의 정갈한 심성의 발현
으로 삶을 영위하면서 인생의 가치관을 구현하려는 형
이상학적인 생명의 원망(怨望)을 시법(詩法)으로 존재의
확인을 창출하고 있는 것이다.

2. 불안돈목(佛眼豚目)의 세태와 성찰

　최원봉 시인은 이와 같은 삶의 방식이나 존재 가치의
성찰을 자신만이 담담(淡淡)하게 실천해온 불심(佛心)의
근간(根幹)이 불변의 진리로 심연(心緣)에 그의 인생관
으로 순화하고 있음을 읽을 수 있다.

　그는 작품 「알들의 배반」 중에서 "나이 들어 찾아온
직지사 인연/ 주산 알을 닮은 108 염주 알을 들고/ 이십
년이나 들락거렸지만 쌓여진 업의 탓인지/ 염주 한 알의

답도 얻지 못하고 있다// 어쩌겠는가 집중해도 배반하는 알들을/ 그저 내 곁에 머물러 줄/ 심성 착한 마지막 한 알을 기다릴 수밖에"라는 어조로 수시로 명멸(明滅)하는 자신을 성찰하면서 인내로 기다림을 간구하고 있는 것이다.

평소 삐딱한 말을 자주 하던 몇 살 아래 후배
오늘은 몇 년 전 세상을 떠나
극락왕생했을지도 모르는 내 친구를
구두쇠 고집불통 영감이라고 험담을 한다
듣기가 거북해 맞받아쳤다
뭐 눈에는 뭐만 보인다고

부처의 근처에도 못 가본 내가 부처인 양
무학의 말을 도둑질하며 부처를 팔았다
돼지와 함께 중생으로 살아온 내가
해탈이나 한 것처럼 나를 속였다

꼰대식 방법으로 가스라이팅하려 한다고
후배는 거세게 항의를 했다
절에 다닌 지가 이십 년이 넘었다고
부처도 아니지만 돼지도 아니라고 했다

앞으로는 따옴표를 써서 말하고
절대로 표절하지 않겠노라고
돼지의 눈으로 그냥

보이는 대로 살아야겠다고
굳게 다짐했다

－「불안돈목(佛眼豚目)」 전문

　최원봉 시인은 불자(佛者)로서의 "앞으로는 따옴표를
써서 말하고/ 절대로 표절하지 않겠노라고/ 돼지의 눈으
로 그냥/ 보이는 대로 살아야겠다고/ 굳게 다짐했다"는
비장한 각오로 삶의 지표나 지향점을 설정하고 굳게 지
켜 나갈 것을 다짐하고 있는데 이는 그가 정립하여 구
현하려는 가치관을 부처님의 안목과 돼지의 눈을 비교
하는 시법으로 발현해서 그의 존재 사유를 읽을 수 있
게 하고 있다.
　그는 "부처의 근처에도 못 가본 내가 부처인 양/ 무학
의 말을 도둑질하며 부처를 팔았다/ 돼지와 함께 중생으
로 살아온 내가/ 해탈이나 한 것처럼 나를 속였다"는 어
조로 자신의 심정을 진솔하게 적시함으로써 그간의 허
위성(虛僞性)을 고백하면서 "절에 다닌 지가 이십 년이
넘었다고/ 부처도 아니지만 돼지도 아니라고" 현재의 상
황을 인식하면서 성찰하고 있다.
　그는 다시 작품 「하늘 냇물」 중에서 "사람이 없는 곳
엔 길이 있는데/ 사람이 있는 곳엔 길이 없다/ 냇물 따
라 강물 따라 흘러가다가/ 따뜻한 햇살 함께 나 하늘나
라 돌아가는 날/ 잘 살다 간다고 해 줄 수 없겠니"라는
어조와 같이 존재와 인식의 화해가 냇물처럼 흘러가지
만 그가 하늘나라로 돌아가는 날 "잘 살다 간다"라고
해달라는 간절한 작은 소망이 그의 불심과 더불어 적시

되고 있는 것이다.

봄바람 먹고
물오른 가지 끝에 태어난 생명

나는 붉은 동백
너는 분홍 동백으로 피어났다

용케도 살아남은 벌 몇 마리 날아와
꿀과 향을 나누어 주면서
서로가 마음 설렜다

봄비도 미안해서
조용히 내리던 날
나 떼어내고
너 떼어내고

뚝 뚝 떨어진
동백꽃 송이송이

환한 얼굴에
고마웠다는 말들 가득하다

나도 떨어질 준비 해야겠다
                    −「떨어질 준비」 전문

그렇다. 그는 이제 생멸(生滅)에 대한 인생의 중대한 사유에 접하게 된다, "떨어질 준비" 곧 죽음이라는 생과 사의 간극(間隙)에서 다양하게 생성하는 상상력의 갈래를 읽을 수 있는데 최원봉 시인의 시각에는 동백꽃이 봄바람을 먹고 생명이 태어났으나 봄비에 "뚝 뚝 떨어진/ 꽃송이", 이를 그는 "나 떼어내고/ 너 떼어내고"라는 실질적인 현상으로 상황을 설정하고 인간을 포함한 자연 만물이 한 생을 마감하려는 이미지를 창출하고 있다.

이러한 현상은 시학(詩學)에서 작품의 장면 설정으로 "보여주기(showing)" 위한 "떨어질 준비"의 예비된 작품의 도입이라고 생각된다. 이러한 전개가 바로 이미지의 창출을 위한 시인들의 숭고한 가치관이 내포된 주제이기도 하다. 그는 "용케도 살아남은 벌 몇 마리 날아와/ 꿀과 향을 나누어 주면서/ 서로가 마음 설렜다"거나 "환한 얼굴에/ 고마웠다는 말들 가득하다"는 등의 어조는 보여주기 다음 단계인 "들려주기(telling)"의 형식으로 작품의 조화를 이루고 있는 것이다.

> 합장하고 연신 허리를 굽히며 고맙다 하더니
> 눈물을 글썽거리며 하는 말
> 하늘나라 간 딸의 눈망울을 너무 닮은 강아지란다
> 대웅전 마당에 관세음보살 염불소리 가득하다
> —「연등접수」 중에서

> 법정 스님
> 생전의 법문이 불교방송에 나온다

통장 만들어 열심히 복 쌓으란다
                              -「적선통장」중에서

이 지독한 업의 덩어리
잘게 잘게 부수어
솔숲 길에 내려놓고 싶다
봄바람에 안겨 제자리 찾아가게
                         -「누가 사랑을 놓고 갔네」중에서

　다시 최원봉 시인의 시적 전개에서 의식의 흐름을 구
체적으로 접근해보면 평소에 그가 신봉(信奉)히는 불성
(佛性)에 의한 확고한 인본주의(humanism)의 실현이라고
할 수 있다. 그는 합장이나 대웅전 마당에 관세음보살
염불소리 그리고 법정스님, 불교방송, 지독한 업의 덩어
리 등의 이미지에서 실제 주제와의 연결은 바로 우리
인간의 소양과 불가분의 상황을 이룬다는 점이다.
　이미 그가 대한불교조계종 제8교구 신도회장이라는
막중한 직함에서 알 수 있듯이 불교가 지향하는 자비심
의 발양으로 중생들과 동행하는 거룩한 부처님의 심혼
(心魂)으로 그의 삶과 인생행로가 동행 실현중이라는 인
생론을 그의 인생철학으로 살아가고 있는 것이다.

3. 회억(回憶)히는 가족애, 그 혈연(血緣)

　최원봉 시인은 다시 부모와 아내 등 가족애에 대한
남다른 추억을 간직하고 있다. 그는 아내와의 사별에 대
해 이미 시집『동그라미의 끝』에서도 필자는 해설을 통

해서 "아내의 고결한 행적에서 감지할 수 있듯이 사내 아이 셋을 혼자서 다 키우고 집안일은 혼자서 도맡아 하던 아내는 막내아들 결혼식날 영양제 주사의 힘으로 끝까지 버티다가 두 달 후에 이 세상을 떠났다는 애절한 사연이 시적으로 형상화는 것은 일종의 시법에서 러브스토리로 적나라하게 들려주고 있는데 이는 그가 그토록 잊지 못하는 아내의 사랑이 직설적으로 표현하고 더욱 감동의 영역을 확대하고 있다"라고 사처곡(思妻曲)을 적시한 바가 있으나 다시 망처(亡妻)에 대한 불망의 회심(回心)을 간절하게 회억하고 있어서 우리들의 심중을 애잔하게 흡인하고 있는 것이다.

> 해방 맞아 찾은 조국 땅
> 열한 남매와 먹고살길 없어
> 길 닦이 담배 감정 궂은일 마다치 않고
> 평생 일만 했는데
> 어린것들 넷이나 저 세상으로 보낸 아버지
>   … 중략 …
> 주막 막걸리 한잔 하고는
> 오리 길을 노래 부르며 집으로 가는 길
> 자식 농사 잘 지었다고 보는 사람마다 칭찬 가득
> 그렇게도 기분 좋아하셨다지요
> ―「아버지」 중에서

"어서 온나, 배고푸재"
젖은 손을 앞치마에 슥슥 닦으며 뛰쳐나온 엄마

문지방에 걸터앉은 아버지의 곰방대에서는
연기가 너울너울 인사를 한다
　… 중략 …
눈꺼풀이 무겁던 유월의 어느 날 오후
엄마가 갇혀있는 빈집을 다녀왔다
　　　　　　　　　　　－「엄마의 빈집」중에서

　그는 우선 부모님에 대한 효심(혹은 불효)으로 은혜를
상기하면서 생전의 부모님을 회억하고 있다. 열한 남매
의 아버지는 칡넝쿨과 바소쿠리와 굵어진 아버지의 손
가락 마디와 오일장 주막 막걸리 한 잔의 사랑으로 그
의 뇌리에서 불멸의 행간으로 남아 있다.
　어머니에게서도 동일한 불망이 여운으로 아직도 그와
함께 동행하고 있다. "어서 온나. 배 고푸재"하고 반기
는 엄마와 문지방에 걸터 앉아서 곰방대에 연신 담배연
기의 너울너울 인사는 정겨운 부모님의 사랑이 물씬 풍
기는 장면(보여주기－이미지)의 정감은 남다르다.
　또한 가마솥 수제비국과 풋채소로 온 가족이 둘러앉
아 점심을 먹는 대목과 작은 방에서는 누에가 뽕잎을
먹는 소리 그리고 장독대 앞 빈터에는 빨간 봉숭아꽃
등의 시적인 배경은 한 폭의 그림으로 이미지를 제공하
여 그의 작품의 구도를 더욱 순정미를 가미하고 있어서
공감을 획득하고 있는 것이다.

키보다 높게 자란 옥수수밭에
옥수수가 팔뚝만 하게 자라나

130

수염이 마르면서 익어가고 있다

옥수수밭 그늘에서 잠시 쉬고 있는데
당신이 농사지은 옥수수
딱딱해지기 전에 따서 택배로 보내세요
아내가 환히 웃는다

다시 보니 아내의 모습은 보이지 않고
손주들 모여 앉아 옥수수 먹고 있던
단톡의 동영상이 떠 오르고
활짝 웃고 있는 막내 동준이
앞니 하나 빠져있던 모습도 눈에 선하다

내가 농사짓고 아내가 지켜준 옥수수
충치는 물론 덧니도 없다
가지런하게 줄지어 교정할 필요도 없다

알았어요, 주말에 아이들 먹을 수 있도록
빨리 따서 바로 포장해 보낼께요

—「옥수수밭에서」 전문

그는 다시 "아내의/ 사십구재가 끝났다// 관음전에 들렸다// 관세음보살이// 나를 보고/ 웃었다(「염화미소」 전문)"는 아내의 사십구재날 관세음보살이 웃었다는 것은 관세음보살님이 서로 인위의 마음을 교감하는 정경이 바로 불망의 아내를 상기한다.

그는 "옥수수밭 그늘에서 잠시 쉬고 있는데/ 당신이 농사지은 옥수수/ 딱딱해지기 전에 따서 택배로 보내세요/ 아내가 환히 웃는다"거나 "내가 농사짓고 아내가 지켜준 옥수수/ 충치는 물론 덧니도 없다/ 가지런하게 줄지어 교정할 필요도 없다"는 어조로 아내와 손주와 "막내 동준"이의 애환들이 옥수수밭 그늘에 잠시 쉬면서 재생하고 있다.

그는 작품 「이장(移葬)」 중에서 "텃밭 지나 산어귀 가족 묘원/ 연꽃 한 송이 그려 넣은 묘비를 세웠다/ 세상 떠나는 일을 미리 알 수 없어/ 아내 이름 위에 내 이름까지 넣었다"는 애처(愛妻)의 사랑법은 영원히 빛날 것이다.

4. 자연과 서정적 자아의 창출

최원봉 시인에게서 마무리 시법으로 살펴볼 것은 계절의 변화와 거기에 수반하는 자연의 서정적 자아의 탐구이다. 그는 만유(萬有)의 대자연에서 교감하는 그의 정서는 무진장으로 확대해 있지만 자연 서정이 순응미학과 섭리의 변화에 따른 다채로운 물상들의 언어는 창작의 기본으로 삼으면서 자아의 위상이 어떤 상관성을 갖느냐 하는 중요한 시법을 인식하고 있는 것이다.

연화지에 비가 내린다
빗물은 봄 이야기 바람에 가득 실어
메마른 가지 촉촉이 적셔주며
낮은 곳만 바라보면서

자기 자리 찾아간다

벚나무 뿌리 속으로 살며시 들어간 봄비
추위 피해 웅크리고 있던 아이들에게
하늘에서 배달된 연분홍 엽서
책가방에 차곡차곡 채워주며
봄맞이 가라고 재촉한다

벚나무 가지마다
쏟아져 나온 연분홍 사연
마스크 벗은 연인들 감탄이 터져 나오고
솜사탕 맛에 빠져 행복해하는 아이
사진 찍느라고 엄마는 바쁘다

연화지 가득찬 연분홍 속삭임
나는 아직 들리지 않는다
목련꽃잎 여백에 내 마음 담아 놓을 테니
봄비 너 하늘나라 돌아가는 날
내 님에게 전해다오

－「봄비」전문

우선 그는 계절에 민감한 반응을 보이는 것은 봄이다.
일찍이 영국의 시인 워즈워드는 "봄철의 숲속에서 솟아
나는 힘은 인간에게 도덕상의 악과 선에 대하여 어떠한
현자보다도 더 많은 것을 가르쳐준다"라고 했다. 봄은
만물의 생명을 탄생시키는 거룩한 활력을 갖기 때문

이다.

　연화지에 내리는 "봄비"는 이처럼 많은 봄 이야기들을 바람에 가득 실어 이 세상 만물들에게 생명을 전해 준다. 거기에는 "하늘에서 배달된 연분홍 엽서"가 그에게 감명 깊게 다가오는데 "연화지 가득찬 연분홍 속삭임/ 나는 아직 들리지 않는다/ 목련꽃잎 여백에 내 마음 담아 놓을 테니/ 봄비 너 하늘나라 돌아가는 날/ 내 님에게 전해다오"라고 "내 님"과 교감을 절실하게 염원하고 있는 것이다.

　　　보리타작이 끝나갈 즈음
　　　산속에서
　　　홀로 피어난
　　　아내가 사랑한 원추리꽃

　　　짧은 만남이 아쉬워
　　　늘 애태우지만
　　　변함없이 마음으로 들어와
　　　오늘도 반갑게 맞아 준다

　　　어젯밤 비바람에 시달리다
　　　꺾인 줄도 모른다고
　　　토라져 얼굴 돌릴 때가
　　　더 예쁘다
　　　너를 찾을 수밖에

소낙비 떨어지는 소리에

마음 조급해져도

기다린다

비 그치면 달려가

너의 마음 꼭 껴안을 수 있을 테니

－「아내가 사랑한 꽃」 전문

자연 정서에서는 봄뿐만 아니라 사계절 모두가 독특한 장관으로 이미지를 창출하고 있는데 최원봉 시인은 특히 봄에 산야를 곱게 물들인 꽃들의 정경에 취하고 있다. 이렇게 "아내가 사랑한 꽃"에는 원추리꽃이 있다. 그는 아내를 사랑했기에 원추리꽃도 사랑한다.

그는 "세상에 하나뿐인 제일 예쁜 꽃// 고통을 지워온 숱한 시간에도/ 하루를 채 버티지 못하고/ 인욕의 열매에 자리 비워주며/ 미련 없이 떠나버리는 너(「원추리꽃」중에서)"라는 상징적인 의미에는 저 하늘에 별로 떠 있는 아내의 정념(情念)이 내재되어 있다.

그는 이렇게 자귀나무(어머니), 해당화(고향), 돌나물(생명), 솔향기(당신), 토사자(사랑), 등 자연 화훼 뿐만 아니라, 작품 「꿀벌들의 가출」「깃동잠자리」「매미」「무지개다리」「뻑뻐꾸기」「물뿌리개」 등 그의 시야에 머무는 만상(萬象)의 자연 현상들이 그의 고차원의 지각을 통해서 작품으로 형상화하는 그의 시법에 공감한다.

최원봉 시인은 자연 서정적인 향기에 도취하는 서정 시인이다. 이렇게 봄비나 원추리꽃과 같이 보편적인 사물에서도 무엇인가 우리 인간과 교감하는 이미지의 창출로 서정적인 자신을 승화하는 시법은 과히 찬사를 보낼만하다. 보들레르의 말대로 기쁨이든 슬픔이든 시는 이상을 좇는 신과 같은 성격을 갖고 있기 때문에 서정적 자아는 이를 적절하게 탐구해 나가는 것이다. 🔳

최원봉 제2시집

그림자에게 물었다

1판 1쇄 펴낸날 2025년 2월 25일

지은이 / 최원봉
펴낸이 / 김송배
펴낸곳 / 도서출판 시원
등 록 2000.10.20. 제312-2000-000047호
03701. 서울시 서대문구 연희로 11사길 16-4
전   화 : 010-3797-8188
E-mail : ksbpoet@daum.net
Printed in Korea ⓒ 2006. 시원
찍은곳 / 신광종합출판인쇄
배부처 / 책만드는집 (Tel 02-3142-1585)
04022. 서울시 마포구 양화로3길 99. (지하)

ISBN 978-89-93830-66-8 03810

값 / 13,000원